幼兒全語文 階梯故事 系列

活動冊

袁妙霞 著
野人 繪

園丁文化

《傘子的用處》

在這樣的天氣下，小熊會用傘子來做什麼呢？請把答案填上紅色。

遮太陽

摘果子

擋雨

《比本領》

故事中動物們各有本領。請把圖畫和適當的文字連線。

跑得快

起得早

爬得高

《美食大會》

美食大會中真多美食啊！小袋鼠、小熊、小鹿在吃什麼呢？請把圖畫和適當的文字連線。

冰淇淋　　香腸　　蛋糕

《貪吃的小豬》

小豬放學回家，媽媽為他準備了什麼食物？請把答案填上黃色。

蘋果

雞腿

餅乾

《今晚吃什麼》

小弟弟要回家了，叔叔送了什麼給他帶回家呢？走出迷宮你就知道了。

蔬菜　　　魚　　　雞

《到沙灘去》

沙灘上真熱鬧。他們在做什麼活動呢？請把圖畫和適當的文字連線。

堆沙

游泳

拾貝殼

玩球

彩虹有七種顏色，紅、橙、黃、綠、藍、靛、紫。請把下列的雨傘填上相應的顏色。

紅　橙　黃　綠　藍　靛　紫

《愛笑的孩子》

小妹妹又哈哈大笑了。這次又是什麼原因呢？走出迷宮你就知道了。

(圍巾) (外公和外婆) (帽子)

《你要做什麼？》

小象每天起來，第一件事是做什麼呢？
走出迷宮你就知道了。

吃早餐　聽故事　梳洗

《數星星》

故事中小妹妹的家人分別說天上的星星像什麼？請把圖畫和適當的文字連線。

 ● ●

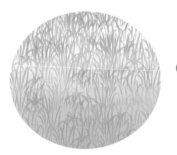 ● ● 媽媽的頭髮

 ● ● 沙灘上的沙子

園丁文化

幼兒全語文階梯故事系列 第 5 級（挑戰篇）
活動冊

作　　者：袁妙霞
繪　　圖：野　人
責任編輯：陳奕祺
美術設計：許鍩琳

出　　版：園丁文化
　　　　　香港英皇道 499 號北角工業大廈 18 樓
　　　　　電話：(852) 2138 7998
　　　　　傳真：(852) 2597 4003
　　　　　電郵：info@dreamupbooks.com.hk
發　　行：香港聯合書刊物流有限公司
　　　　　香港荃灣德士古道 220-248 號荃灣工業中心 16 樓
　　　　　電話：(852) 2150 2100
　　　　　傳真：(852) 2407 3062
　　　　　電郵：info@suplogistics.com.hk
印　　刷：中華商務彩色印刷有限公司
　　　　　香港新界大埔汀麗路 36 號
版　　次：二〇二三年五月初版

ISBN: 978-988-76584-3-6
© 2023 Dream Up Books
18/F, North Point Industrial Building, 499 King's Road, Hong Kong
Published in Hong Kong SAR, China
Printed in China